山海經數字幻旅 ③

女媧補天

在成長數字教育開發團隊 編繪

全書錄音

中華教育

共工撞倒不周山之後，支撐天空的天柱倒塌，天上出現了一個大洞。到處洪水氾濫，森林裏也燃起了大火，人們無家可歸，鳥獸四處逃竄。

靈賢和靈盼焦急地站在懸崖邊等待着。就在這時，一把熟悉的聲音傳來：「靈賢！靈盼！」

他們一聽這聲音，立刻興奮地大喊：
「女媧媽媽，你終於來啦！」

靈賢一臉擔憂地對女媧說：「女媧媽媽，天塌了一個好大的窟窿！到處都是洪水，人們為了躲避災難，只能四處躲藏，這可怎麼辦啊！」

「別着急，孩子們，我們一定能找到辦法的！」女媧溫柔地安慰着靈賢和靈盼。

接着，女媧神情嚴肅地說：「我們必須採集五塊神奇的靈石煉成五彩石來把天補好。不過，尋找它們可不是一件容易的事。」

在餘峨山的山洞裏有一塊紅色的寶石，要想得到它必須取得犰狳的同意。

青丘山的山洞中，藏着一塊青色的寶石，但是那裏有九尾狐守護，牠會施展幻術，讓人很難找到真正的青色寶石。

在王母山上有一塊白色的寶石，要想得到它必須穿越狂風暴雪。

餘峨山
在幽都山上有黑色的寶石，被靈蛇守護着，我們得打敗靈蛇才能得到它。
敖岸山
在敖岸山有一塊黃色的寶石，要征服夫諸才能找到這塊寶石。
王母山

女媧思考了一下，安排道：「我跟玄鳥去幽都山和傲岸山。靈賢和靈盼你們去餘峨山、青丘山和王母山。我們分頭行動！大家要小心！」

餘峨山

靈盼說：「聽說在餘峨山的山洞裏有很多螞蚱，牠們經常蹦到犰狳身上亂爬，弄得犰狳特別的不舒服。要是我們能幫犰狳把螞蚱趕走，也許牠會把寶石給我們。」

靈賢說：「我查了寶典，亢木可以驅散螞蚱！我們先想辦法採到亢木。」

於是靈賢和靈盼在山裏仔細地找了起來。

「看！這就是亢木！」靈賢指着前方的一株植物說道。於是他們採集了亢木，飛快地朝犰狳住的山洞奔去。

到了山洞前，靈賢有禮貌地說：「犰狳你好，因為共工把不周山撞倒了，天塌了個大洞，人們都因此而受苦，我們想要借你的紅色寶石煉五彩石補天，可以嗎？」

犰狳連連擺手：「洞外到處都是螞蚱，我只能在洞裏活動。你們要是把寶石拿走了，我在洞裏就甚麼都看不見了！」

靈盼連忙說：「別擔心，我們可以幫你驅趕螞蚱！」

靈賢把亢木掛在洞口，神奇的事情發生了！只見螞蚱們像是見到了天敵一樣，紛紛爭先恐後地往外逃，不一會兒，這些蟲子就跑得一乾二淨。

狁狳驚喜地說：「誒！真神奇，螞蚱全跑光啦！」

說完，狁狳高興地把寶石拿給他們：「謝謝你們！希望你們早日把天補好！」

靈賢和靈盼謝過犰狳，繼續往前走，來到了青丘山。突然，一隻灌灌攔住了他們的去路。

「你們要幹甚麼去？不能再往前走了！前面就是九尾狐的迷幻陣，你們進去就出不來了！」

靈賢和靈盼齊聲說道：「共工把不周山撞倒了，天塌了個大洞，到處都是大火、洪水。女媧媽媽讓我們到青丘山找青色寶石煉五彩石補天，你能幫幫我們嗎？」

灌灌說：「哦！原來你們要修補天上的大洞，好！那跟我來吧！」

靈賢和靈盼走進九尾狐的洞穴，頓時感到天旋地轉，眼前到處都是青色的寶石。

靈賢迷迷糊糊地說：「哪一塊是真正的青色寶石呀？」

就在這時，灌灌飛了進來，銜着靈賢、靈盼叫了兩聲。靈盼驚訝地說：「真神奇，幻覺消失了！」

只見一塊美麗的青色寶石出現在眼前，他們趕緊跑過去把寶石取了下來。

「謝謝你，灌灌！等着我們的好消息吧！」說完，他們就騎上乘黃，朝着王母山的方向飛去。

「呼——」到了王母山，這裏風雪交加，暴雪砸得他們睜不開眼，狂風吹得他們幾乎飄了起來。

乘黃挺身而出，大聲說：「我來擋住風雪，你們快找！」說完，乘黃變得巨大無比，用自己的身體替靈賢和靈盼擋住狂風暴雪。

靈賢和靈盼在風雪中艱難地尋找着，終於，靈盼大喊：「找到啦！」

靈賢和靈盼拿起珍貴的白色寶石，開心地說：「走！我們快回去！」

在回去的路上，玄鳥飛了過來大聲說：「女媧媽媽打敗了靈蛇，取得了黑色寶石，還征服了夫諸，得到了黃色寶石！」

靈賢和靈盼激動地說：「我們的寶石也集齊了！快回去找女媧媽媽！」

　　靈賢和靈盼跟着玄鳥來到大荒山，女媧已經在那裏挖好了一個大坑。靈賢和靈盼把找到的寶石交給女媧，女媧把五塊寶石依次投向坑中。

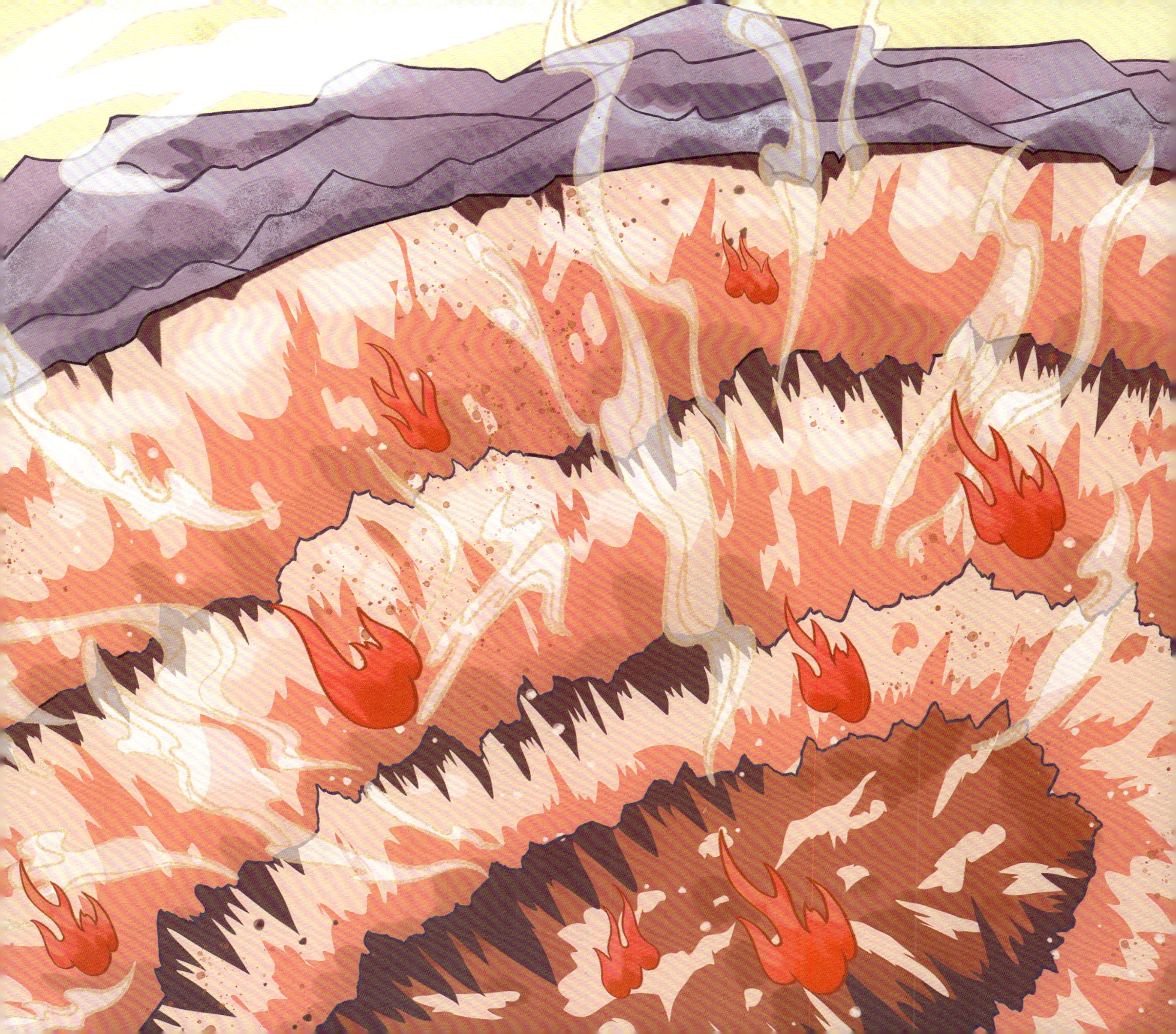

不一會兒，神奇的一幕出現了！大坑中閃爍起五彩的光芒，一塊美麗的五彩石緩緩升了起來。

女媧舉起五彩石，用盡全部力氣衝向天空，用五彩石堵住了天上的大洞。大火立刻熄滅了，洪水也慢慢退了下去，天地之間終於不再混亂。人們看到這一幕，都高興地歡呼起來。

「沒有不周山支撐天空，要是天又塌了，五彩石也掉下來了，可怎麼辦呢？」女媧又擔心起來。

這時，靈龜出現了。牠說：「不用擔心，女媧娘娘！我願意用我的腿把天支起來。」

於是，女媧用靈龜的四條腿穩穩地把天撐了起來。由於牠的四條腿長短不一，造成了地勢西高東低，所以河水都是向東流的。

解決完這一切，太陽出來了，天地一片祥和。女媧媽媽累得倒在地上，緩緩閉上了眼睛。

靈賢和靈盼傷心地哭喊着：「女媧媽媽！女媧媽媽！」

這時女媧的項鍊慢慢地飛向空中。

項鍊在空中化作女媧的幻影，溫柔地看着靈賢和靈盼。

幻影溫柔地說：「孩子們，不用擔心，我們還會再見的。記住你們的使命，要一直守護好人類呀！」說完，幻影慢慢地飄向遠方。

靈賢、靈盼、玄鳥和乘黃注視着遠方，久久不願離去。

動力種子 Magic Bean

沉浸閱讀

多元化內容

主題涵蓋中國傳統文化、歷史、個人成長，內容應有盡有

配音隨時聆聽

配有普通話配音，隨時想聽就聽

精美圖畫細節滿滿

電子版獨有更寬、更大構圖，呈現更多細節

一個為兒童創作繪本，提供繪本閱讀和創作功能的電子平台。每年更新大量優質繪本，提供有趣的繪本互動功能，更具備獨創繪本「創讀」工具，讓兒童隨時閱讀、隨時創作，激發兒童的閱讀興趣和創造能力。

大量互動功能

一點就變

任意拖動人物互動

長圖拖動變化

豐富閱讀體驗，
讓孩子養成閱讀習慣！

發揮創意

改編、創作兩大模式

配音功能

靈賢

請配音

取消 確定

故事人物個性配音，發掘聲音演繹天賦

創作功能

《山海經》 保存

天馬行空隨意畫，激發孩子想像力

發揮孩子奇思妙想，
深入創造人物，改編精彩故事！

書友交流

分享討論繪本心得

查看好友閱讀動態

分享閱讀樂趣，
知己共同創讀！

山海經數字幻旅 3

女媧補天

在成長數字教育開發團隊　　編繪

總策劃　楊江波　周建華
教育顧問　謝錫金　沈雪明
文案設計　王思琪　吳　非　張如婷　李曼琳
插畫設計　王　倩　劉　瑩　顧啟航
配樂創作　楊若辰
技術開發　臧明正　馬一凱　張軍成　劉　爽　祁自豪
地圖繪製　張相偉

責任編輯：潘沛雯
裝幀設計：在成長數字教育開發團隊
排　　版：在成長數字教育開發團隊
印　　務：劉漢舉

出版 | 中華教育
香港北角英皇道499號北角工業大廈1樓B
電話：(852) 2137 2338 傳真：(852) 2713 8202
電子郵件：info@chunghwabook.com.hk
網址：http://www.chunghwabook.com.hk

發行 | 香港聯合書刊物流有限公司
香港新界荃灣德士古道220-248號 荃灣工業中心16樓
電話：（852）2150 2100　傳真：（852）2407 3062
電子郵件：info@suplogistics.com.hk

版次 | 2025年7月第1版第1次印刷

規格 | 16開（244mm x 215mm）

ISBN | 978-988-8914-26-5